HENRI BOUTET

ALMANACH

POUR

1899

1re Année

Nouvelle Série

LES HEURES DE LA PARISIENNE

PARIS

LIBRAIRIE MELET

44, Galerie Vivienne, 44

Les Heures
de la
Parisienne

JUSTIFICATION DU TIRAGE

De 1 à 50

50 exemplaires d'amateurs tirés sur papier du Japon. Ces exemplaires sont signés et numérotés par l'auteur. Ils contiennent un double état des gravures, et une pointe sèche tirée spécialement pour ces exemplaires.

De 51 à 1051

1000 Exemplaires sur vélin numérotés.

N° 154

HENRI BOUTET

ALMANACH POUR 1899

1re ANNÉE (Nouvelle Série)

Les Heures de la Parisienne

ILLUSTRÉES DE DOUZE POINTES SÈCHES

PARIS
LIBRAIRIE MELET
44, Galerie Vivienne, 44

ALMANACH

POUR

1899

La première série de cet Almanach comprend dix années (de 1886 à 1896). Elles est totalement épuisée. Les libraires qui auraient encore quelques exemplaires sont priés de le faire savoir à l'éditeur.

Janvier

● 7 h. 56 à 4 h. 12

1	D	CIRCONCIS.
2	L	S. Basile
3	M	Se Geneviév.
4	M	☾ S. Rigobert
5	J	S. Siméon
6	V	ÉPIPHANIE
7	S	Se Mélanie
8	D	S. Lucien
9	L	S. Marcelin
10	M	S. Agathon
11	M	● S. Théodos.
12	J	S. Arcadius
13	V	Bapt. de J.-C.
14	S	S. Hilaire
15	D	S. Maur
16	L	S. Guillaume
17	M	S. Antoine
18	M	☽ Ch. de S. P.
19	J	S. Sulpice
20	V	S. Sébastien
21	S	Se Agnès
22	D	S. Vincent
23	L	S. Raymond
24	M	S. Timothée
25	M	Conv. S. Paul
26	J	○ S. Polycar.
27	V	S. J. Chrysos.
28	S	S. Charlem.
29	D	SEPTUAGES.
30	L	Se Bathilde
31	M	Se Marcelle

L'Heure du Réveil

L'HEURE DU RÉVEIL

Le tableau si troublant de l'éveil d'une femme n'est pas un de ceux sur lequel, la comparaison, — cet arbitre irréductible, — peut s'exercer avec facilité, alors, qu'impérieusement, la morale commande d'en rester à un unique sujet d'observation, ce qui, certes, donne, sur ce point, à celle des Orientaux, un avantage sur lequel il est, inutile d'insister.

Donc, c'est ainsi : de tous les charmes d'une femme, de toutes les manifesta-

L'Heure du Réveil

tions de sa grâce c'est la plus subtile et la plus délicieuse qu'il faut ignorer. Ce délicat tableau n'est fait souvent que pour un monsieur qui a un gros ventre, porte des bretelles et ne prête guère que des regards indifférents à ce qu'il voit tous les jours.

* * *

Oui, Madame minaude pour nous, met ses gants avec grâce, prépare des sourires, arrange d'adorables mines de circonstances, joue de l'éventail, cambre sa taille, donne un coup de pied qui fait voler les jupes, patine, valse, lutine dans le cou quelques frisons rebelles, arrondit, dans ses fourrures, un dos de chatte, trottine d'un pas alerte, mange des écrevisses, croque des bonbons, tout cela pour la galerie; pour le régal de nos yeux, pour faire la quête d'un regard d'admiration, de soumission et de tendresse !

Certes le lot est joli ! Mais, tout de même, elle ne s'éveille que pour les regards profanes et indifférents du monsieur qui porte le nom envié et détesté de mari.

* * *

Il faut nous consoler et nous dire que ce n'est certainement pas pour lui qu'elle a un peu trop décolleté sa robe ; qu'elle montre un peu trop, — un peu trop est une façon de parler, — de sa fine cheville, quand il pleut, et qu'elle trotte par les rues.

Ce n'est pas pour lui, non plus, qu'elle met plus de malice dans son regard, plus de mutinerie dans sa bouche et que s'ouvrent, palpitantes et roses,

ses narines frémissantes quand il lui plaît de... se moquer de nous.

Nous avons beau savoir tout cela, c'est tout de même irritant de penser qu'elle ne s'éveille que pour cet homme indifférent aux regards profanes.

***

Sous la laiteuse transparence des rideaux, elle s'étire comme une chatte parèsseuse, comme une chatte qui a trop dormi et qui voudrait dormir encore, — s'allongeant, se recroquevillant, accusant sous la batiste légère les lignes de la plus troublante harmonie, enfonçant la toison blonde de ses cheveux dans l'oreiller, d'où des mèches rebelles s'échappent, jouant dans la dentelle, semant des reflets d'or sur le blancheur des draps.

* * *

Alors, au-dessus de la tête, l'entourant comme d'une caresse, s'arrondissent les bras ; puis, le cou penche, accusant le haut du bras grassouillet qui s'évade des entraves et des nœuds de rubans... C'est le genou maintenant qui avance, bridant les draps, tandis qu'un pied rose se cambre nerveux et rebelle s'évadant des plis qui l'emprisonnent.

* * *

Ce tableau merveilleux, cette apothéose de rêve, cette féerie faite pour les poètes et pour les peintres qui demandent à Vénus les secrets de son réveil, tout cela, toute cette splendeur de charme féminin, est faite pour cet animal de mari ; pour tous ces hommes privilégiés qui sont légion et qu'il faut savoir détester et haïr ; pour lesquels nous devons préparer des armes vengeresses, en livrant à leur sottise l'assaut des luttes suprêmes, pour les terrasser sous le coup des plus enivrantes victoires.

C'est un rapt, c'est une captation criminelle, car il est impossible que, de la coquetterie de ses premiers rayons, le divin soleil ait fait pour eux seuls l'épanouissement des sourires de femmes et des roses.

Février

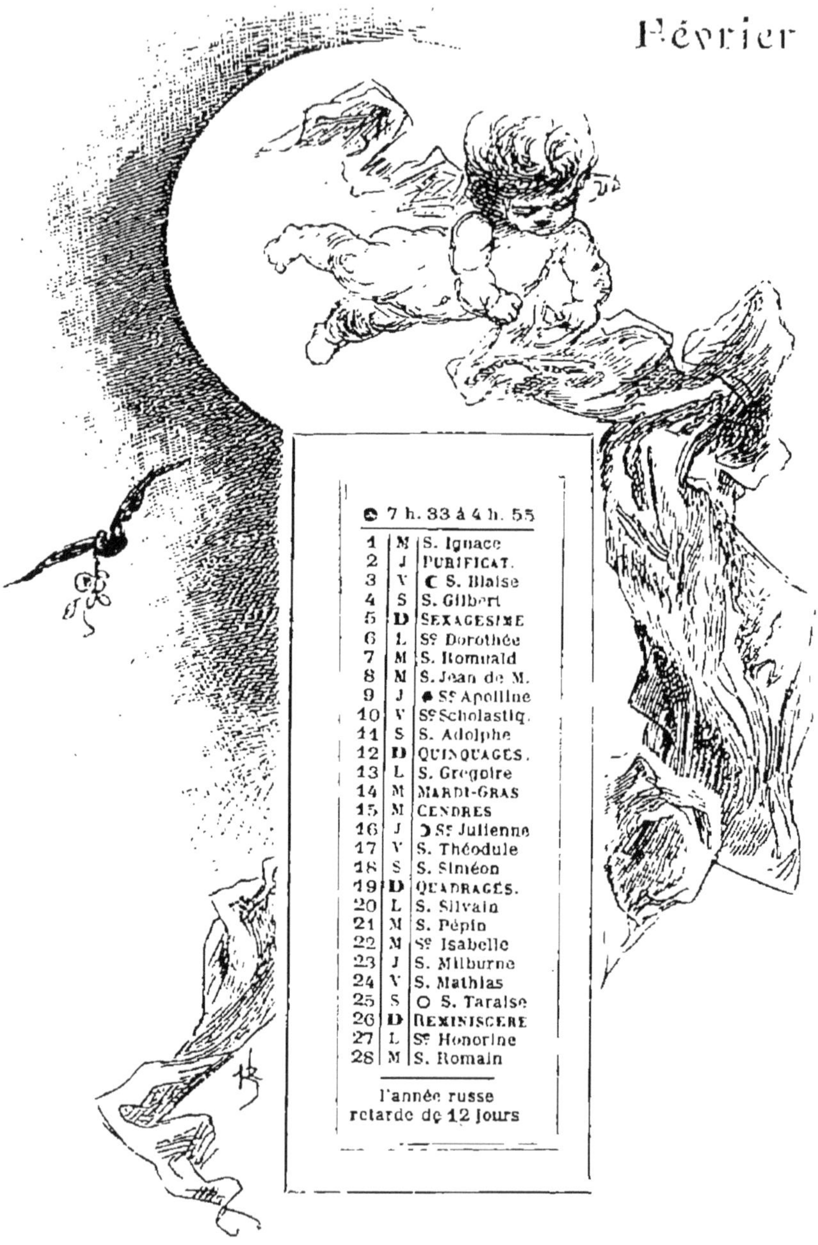

☉ 7 h. 33 à 4 h. 55		
1	M	S. Ignace
2	J	PURIFICAT.
3	V	☾ S. Blaise
4	S	S. Gilbert
5	D	SEXAGÉSIME
6	L	Sᵗᵉ Dorothée
7	M	S. Romuald
8	M	S. Jean de M.
9	J	● Sᵗᵉ Apolline
10	V	Sᵗᵉ Scholastiq.
11	S	S. Adolphe
12	D	QUINQUAGÉS.
13	L	S. Grégoire
14	M	MARDI-GRAS
15	M	CENDRES
16	J	☽ Sᵗᵉ Julienne
17	V	S. Théodule
18	S	S. Siméon
19	D	QUADRAGÉS.
20	L	S. Silvain
21	M	S. Pépin
22	M	Sᵗᵉ Isabelle
23	J	S. Milburne
24	V	S. Mathias
25	S	○ S. Taraise
26	D	REMINISCERE
27	L	Sᵗᵉ Honorine
28	M	S. Romain

l'année russe retarde de 12 jours

L'Heure du Déjeuner

L'heure du déjeuner

Des larges portes des quartiers de l'Opéra et d'Antin, de ces portes que surplombent des balcons aux lettres d'or, bardées d'écussons de cuivre, où se lisent les mots : *Robes et Manteaux*, *Modes, Fleurs et Plumes*, les petites ouvrières s'échappent, à midi, comme une volée de pinsons.

Les cheveux à la diable, le nez au vent, le regard chercheur, en corsages clairs, en jupes noires où, en petits

L'Heure du déjeuner

traits d'or et d'azur, des brins de fil se promènent.

* * *

Elles vont bras dessus, bras dessous, par deux, par trois, égayant d'un joli ramage le flot des gens affairés sur le trottoir.

Dans de petits restaurants voisins elles entrent, en coup de vent, balayant du sautillement de leurs jupes le sable jaune des salles garnies de petites tables, où elles vont, de bon appétit, manger le plat du jour entre un rond de saucisson et un pot de confitures...

D'autres vont seules, s'arrêtent au coin de la rue cherchant du regard le monsieur bien mis qui se donne l'air d'attendre un omnibus...

Car s'il est de vieux messieurs qui,

dans les jardins publics, portent un intérêt au déjeuner des petits oiseaux en leur jetant des miettes de pain, il en est d'autres qui, pour le même emploi des besoins de charité où leur cœur s'épanche, préfèrent, aux allées sablées bordées de géraniums, les larges trottoirs et les portes d'où s'échappent les autres oiseaux de Paris : les modistes et les couturières.

Ce sont des instincts de protecteurs et des besoins de charité qui se manifestent autrement, voilà tout, quand, dans le restaurant plus cossu, — restaurant à nappe et à cure-dents, — s'asseyent le monsieur bien mis et la modiste, qui pense plutôt à ce qu'elle fera de son bonnet qu'aux chapeaux qu'elle habille si gentiment d'ailes d'oiseaux et de fleurs des champs.

Alors, en protecteur soigneux et attentif, le pince-nez à la main, Monsieur extrait de la nomenclature des mets, s'allongeant sur la carte, le menu qui sera, aujourd'hui, la promesse des gourmandises futures...

***

D'autres, aussi, s'en vont seules, en courant — entrent dans des restaurants où les fourneaux de cuisine flambent près de la porte, sous l'œil du chef en calotte et veste blanches.

Alors, elles emporteront, dans l'assiette aux bords épais, le déjeuner à l'atelier, au milieu des paquets de soie et de satin qui dorment sur les tables, pendant, qu'en mangeant, elles s'égayeront de chansons de café-concert, attendant, à la rentrée, les confidences scabreuses, et tout ce qu'elles devineront dans les regards et dans les sourires.

* * *

Tout à l'heure, toute la volée de corsages clairs et de cheveux ébouriffés aura repris sa place autour des tables où dorment les jupes de satin et les volants de dentelle...

Au loin, mélancoliques, s'en iront les messieurs bien mis, décorés, en pardessus noisette, qui, à l'heure du déjeuner, ornent les portes des ateliers de modistes, et qui, maintenant, s'en vont reprendre dans la vie des fonctions plus sereines mais moins douces à épancher leur âme que celle de donner à manger aux petits oiseaux.

* * *

Et ainsi tous les jours, jusqu'à celui où le commissionnaire du coin, assis sur sa boîte, remarquera que le monsieur à paletot noisette ne vient plus à midi moins le quart.

Alors Mme X (*Robes et Manteaux*) dira : « Voilà deux jours que je ne vois plus Adèle ; est-elle malade ? »

Ce à quoi la plus jeune apprentie répondra : « Probablement, Madame car, j'ai rencontré sa mère, ce matin ; elle m'a dit qu'Adèle était obligée d'aller tous les jours chez le docteur... »

Mars

☉ 6 h. 45 à 5 h. 41		
1	M	Ste Eudoxie
2	J	S. Simplice
3	V	S. Marin
4	S	☾ S. Casimir
5	D	OCULI
6	L	Ste Colette
7	M	S. Th. d'Aq.
8	M	S. Jean de D.
9	J	MI-CARÊME
10	V	40 Martyrs
11	S	● S. Euloge
12	D	LÆTARE
13	L	Ste Euphrasie
14	M	Ste Mathilde
15	M	S. Zacharie
16	J	S. Cyriaque
17	V	S. Patrice
18	S	☽ S. Alexand.
19	D	LA PASSION
20	L	PRINTEMPS
21	M	S. Benoît
22	M	Ste Léa
23	J	S. Victorien
24	V	S. Gabriel
25	S	ANNONCIAT.
26	D	○ RAMEAUX
27	L	S. Jean erm.
28	M	S. Gontran
29	M	S. Jonas
30	J	S. Amédée
31	V	Ste Balbine

L'Heure de la Bécane

L'HEURE DE LA BÉCANE

Le matin au bois de Boulogne, 11 heures.

Les allées sont sillonnées de roues qui tournent : ce sont les nouvelles roues du char du progrès. Elles sont innombrables, tyranniques, arrivent sur vous menaçantes, puis, filent, filent pour se perdre au fond des allées dans la poussière et les brumes du matin.

Les voitures, aux roues épaisses, sans chevaux, jetant leur respiration de ma-

L'Heure de la bécane

chine, interrompent, seules, la théorie des cycles, des bicycles, des tricycles qui s'allongent comme les anneaux d'une immense chaîne s'étendant à perte de vue.

Ce ne sont que bruits rauques, qu'appels de cors, que hoquets de trompettes enrhumées... que sonneries de toutes sortes qui donnent l'impression de casseroles qui se heurtent.

On n'entend plus les oiseaux chanter, ni le vent dans les feuilles, ni plus rien des mille bruits dont la nature sait faire la symphonie de ses matins d'automne.

On rencontre cependant un cavalier, un vrai cavalier, monté sur un vrai cheval, cela paraît étrange !... d'une époque antérieure, et donne l'idée d'une gravure du temps des courses de la Croix-de-Berny...

*
* *

De l'allée des Poteaux, une paire de roues, — un des anneaux de la chaîne, — gagne une des petites allées du bois.

Sur ces roues un personnage, — un homme, sans doute, — aux mollets chinés, en souliers jaunes, à la culotte de velours, à la veste claire, d'où sort, bouffante, une chemise écossaise, ralentit sa marche, regarde,... paraît attendre quelqu'un...

En sens inverse arrive un autre personnage qui paraît une femme : souliers jaunes, mollets chinés, culotte de velours, veste claire d'où sort, bouffante, une chemisette écossaise, ralentit sa marche... regarde,... paraît attendre quelqu'un...

Le monsieur qui parait être une

femme et la femme qui paraît être un homme se rencontrent. — Ils échangent quelques mots, — et partent ensemble dans la direction du chalet des Cycles.

Ils s'arrêtent, descendent et... échangent quelques mots.

*
* *

Après avoir remisé leurs machines, ils entrent dans l'établissement, parlent à un garçon, montent un étage et sont introduits dans un petit salon. — Ils échangent quelques mots.

Le garçon, sur un plateau, apporte des biscuits, une bouteille de xérès, des cure-dents, et sort discrètement.

Une fois seuls, les deux personnages, à veste claire et à mollets chinés, s'asseyent, grignotent un biscuit, trempent leurs lèvres dans un verre de xérès,

s'essuyent la bouche... en échangeant quelques mots. . . . .
. . . .

Sur un coup de sonnette, bientôt le garçon remonte, revient avec la note. — L'un ou l'autre paye. — Ils sortent.

* * *

Dehors, chacun des personnages reprend sa machine. Ils ne se disent plus rien et partent vite, très vite, dans un sens opposé, pour aller reprendre leur place à la chaîne qui, dans la grande allée, file, file ininterrompue dans le bruit des grelots, des heurts de casseroles, de cors et de trompettes qui empêche d'entendre chanter les oiseaux et d'écouter le bruit que fait le vent qui chasse, devant lui, la tombée des feuilles d'automne dans les grandes allées du bois.

N. B. — Il est des docteurs qui ont tiré de ce genre d'observations la conclusion géniale que la bicyclette était un remède à la dépopulation!

Il est impossible de ne pas être de leur avis! D'autant plus que bon nombre de maris ont certifié, eux-mêmes, les bienfaits et les résultats de cette cure inattendue.!...

Avril

☾ 5 h. 41 à 6 h. 29		
1	S	S. Hugues
2	D	PAQUES
3	L	☾ Ste Irène
4	M	S. Ambroise
5	M	S. Vincent F.
6	J	S. Célestin
7	V	S. Clotaire
8	S	S. Albert
9	D	● QUASIMODO
10	L	S. Macaire
11	M	S. Léon pape
12	M	S. Jules
13	J	Ste Irma
14	V	S. Tiburce
15	S	Ste Anastasie
16	D	S. Fructueux
17	L	☽ S. Anicet
18	M	S. Parfait
19	M	S. Léon
20	J	S. Théodore
21	V	S. Anselme
22	S	Ste Opportune
23	D	S. Georges
24	L	S. Gaston
25	M	○ S. Marc
26	M	S. Clet
27	J	S. Frédéric
28	V	S. Aimé
29	S	S. Robert
30	D	S. Eutrope

L'Heure du Goûter

L'HEURE DU GOUTER

Dans le jardin du Luxembourg, côté de la Pépinière, près du monument de Watteau.

Mme Mareuil assise, faisant du crochet, 28 ans. Lolotte, sa fille, 5 ans, joue devant elle.

LOLOTTE. — Tite mère, c'est y bientôt quatre heures?

Mme MAREUIL. — Mais non, ma chérie, tu me demandes ça toutes les cinq minutes. Tu ne goûteras que quand il sera l'heure. P'tit crampon, va!

L'Heure du goûter

LOLOTTE. —Si tu me donnais tout le temps à goûter, je n'serais pas un p'tit crampon...

Mme MAREUIL. — Allons, va jouer; regarde la petite fille, là-bas, si elle tourmente sa maman...

LOLOTTE. — C'est pas sa maman, c'est sa bonne. Pourquoi que t'en as pas une, de bonne?

Mme MAREUIL. — Parce que nous ne sommes pas riches et que petit père n'a pas assez d'argent...

LOLOTTE. — Pourquoi qu'y n'a pas assez d'argent?

Mme MAREUIL. — Parce que le bon Dieu ne peut pas lui en donner davantage...

LOLOTTE. — C'est donc lui qui donne l'argent, le bon Dieu?

Mme MAREUIL. — Oui.

LOLOTTE. — Pourquoi qu'y ne

donne pas aussi à goûter aux petites filles ?

Mme MAREUIL. — Parce qu'il est occupé et qu'il n'a pas le temps de faire des tartines.

LOLOTTE. — Pourquoi qu'y n'a pas le temps de faire les tartines le bon Dieu ?... Est-y maintenant quatre heures, dis, tite mère ?

Mme MAREUIL. — Petit tourment ! Tiens, voilà ta tartine, goûte, et laisse-moi la paix.

(Elle sort d'un petit sac en cuir une tartine et la donne à Lolotte qui, assise à ses pieds, mange, se lève et jette des miettes aux petits oiseaux. Elle court, elle revient... puis s'assied par terre faisant des pâtés avec le sable pendant que sa mère continue son crochet. — Cinq heures sonnent.)

Mme MAREUIL. — Lolotte, Lolotte, va au-devant de petit père !...

(Lolotte laisse ses pâtés et court dans l'allée. — Au loin s'avance un monsieur, un journal à la main et une serviette bourrée sous le bras. — Lolotte se jette dans ses jambes ; il l'embrasse sur les deux joues, la prend par la main. Ils reviennent tous les deux près de Mme Mareuil.)

M. MAREUIL. — Bonjour, chérie. (*Ils s'embrassent.*) Tu feras le dîner de bonne heure, ce soir ; je suis en retard,... j'apporte du travail... j'en aurai bien jusqu'à minuit.

Mme MAREUIL. — Encore ! mais tu te tueras !... Ah ! si je pouvais seulement t'aider !

M. MAREUIL. — Pauvre chérie ! mais tu m'aides puisque tu me donnes la force de travailler sans que je songe à me plaindre. C'est égal, c'est dur tout de même !... Mais ça viendra, va... tu verras qu'un jour nous serons riches.

Mme MAREUIL. — Oh ! je ne de-

Mai

☉ 4 h. 42 à 7 h. 13

1	L	S. Ph. S. J.
2	M	☾ S. Athanase
3	M	Inv. Ste Croix
4	J	Ste Monique
5	V	C. S. August.
6	S	S. Jean P. L.
7	D	S. Stanislas
8	L	ROGATIONS
9	M	● S. Grégoire
10	M	S. Antonin
11	J	ASCENSION
12	V	S. Achille
13	S	S. Servais
14	D	S. Pacôme
15	L	S. Isidore
16	M	S. Honoré
17	M	☽ S. Pascal
18	J	Ste Juliette
19	V	S. Yves
20	S	S. Bernard
21	D	PENTECOTE
22	L	S. Emile
23	M	S. Didier
24	M	○ S. Vinc. L.
25	J	S. Urbain
26	V	S. Ph. de N.
27	S	S. Ildebert
28	D	TRINITÉ
29	L	S. Maximin
30	M	S. Ferdinand
31	M	☾ Ste Pétronil.

L'heure des Courses

L'HEURE DES COURSES

Une voiture est là, qui attend devant la porte aux lanternes dorées. Le cocher lit l'*Intransigeant*, plie le journal, le met dans sa poche, lorgne la boutique de blanchisseuses qui est en face..., dit deux mots au sergent de ville qui passe.

Madame arrive, lui jette une adresse, et monte dans la voiture, qui file entre les tramways à vapeur, les bicyclettes et les voitures jaunes des magasins de nouveautés...

L'Heure des courses

Madame sonne : la voiture s'arrête devant un bureau de poste, où elle entre ayant l'air de craindre de rencontrer quelqu'un. Elle s'avance devant un guichet, montre une enveloppe de lettre et attend. — L'employé lui dit : « Non, Madame », et elle part d'un air contrarié, remonte en voiture et dit au cocher : « Nous allons rue de la Paix, 123. »

Madame, dont l'air contrarié s'accentue, descend au numéro indiqué, devant une porte sur laquelle se lit, sur une plaque de marbre : *Mlle Clarisse. — Modes*. Le cocher attend, descend un instant de son siège, prend un journal à un kiosque et remonte, dépliant une feuille de Courses, qu'il parcourt d'un air distrait, pendant que ses yeux lorgnent, dans la boutique voisine, des lingères qui cousent...

Madame revient ; la voiture part, s'arrête devant un confiseur, Madame en sort un instant après... toujours l'air de plus en plus contrarié... Puis, c'est ensuite chez X, le dentiste célèbre, chez Z, l'ondulateur non moins célèbre; chez M. Y, le manicure encore plus célèbre; puis chez un autre X, corsetier; un autre Y, tailleur pour dames; un autre Z, parures pour soirées; tous aussi célèbres que les précédents X, Y, Z... déjà nommés.

Puis elle jette au cocher : « Au Palais de Glace, à Notre-Dame-des-Victoires », tandis que, dans la voiture, l'air toujours courroucé, elle prend un petit porte-carte lilas, qu'elle ouvre, et, sur lequel, fiévreusement, elle griffonne, d'un petit crayon d'or, quelques mots, très courts, qu'elle glisse dans une toute petite enveloppe.

« Maintenant, vite au Vélodrome

du Parc-aux-Cerfs » — devant la porte duquel elle descend, jetant les yeux d'un air plus courroucé que jamais sur une immense affiche où l'on voit une sorte de monstre, à tête de belluaire, aux bras nus, musclés comme ceux d'un déchargeur de sable, courbé sur deux roues, dans l'attitude pensive que donne, dans la vie, la fonction de geindre des kilomètres.

Elle entre, ne reste qu'un instant, et laisse à un personnage galonné comme un amiral péruvien, la petite enveloppe lilas... — La voiture repart, s'arrête encore devant une marchande de dentelles, un libraire, un marchand de pâtes d'Italie, une agence de théâtres, un marchand de meubles, une fleuriste et un bureau de placement.

Madame rentre à sept heures : son air toujours courroucé, monte encore d'un ton quand elle voit son mari écrivant, plié en deux sur la table de la salle à manger, devant une serviette d'où débordent des papiers.

— Mais enfin ! deviens-tu fou !... tu envahis, maintenant, jusqu'à la salle à manger !

— Mon amie, il n'y avait pas de feu dans mon cabinet... j'étais gelé... j'avais quelques notes à prendre...

— Ah ! ça non, par exemple !... C'est un peu fort ! Pourquoi pas dans le salon ?..

— Mais...

— Non ! laisse-moi tranquille... tu m'en fais une vie !... J'en ai la migraine.

— As-tu été prendre des nouvelles de ma tante ?

— Mais, ma parole, tu es extraordinaire !.... voilà, maintenant, qu'il faut que j'aille prendre des nouvelles de ta tante, quand je n'ai pas eu une minute à moi !...

La scène continue sur ce ton jusqu'au moment où Monsieur se lève, ramasse ses papiers, en bourre sa serviette qu'il met sous son bras, et prend bravement le parti d'aller attraper une bronchite dans son cabinet sans feu....

Juin

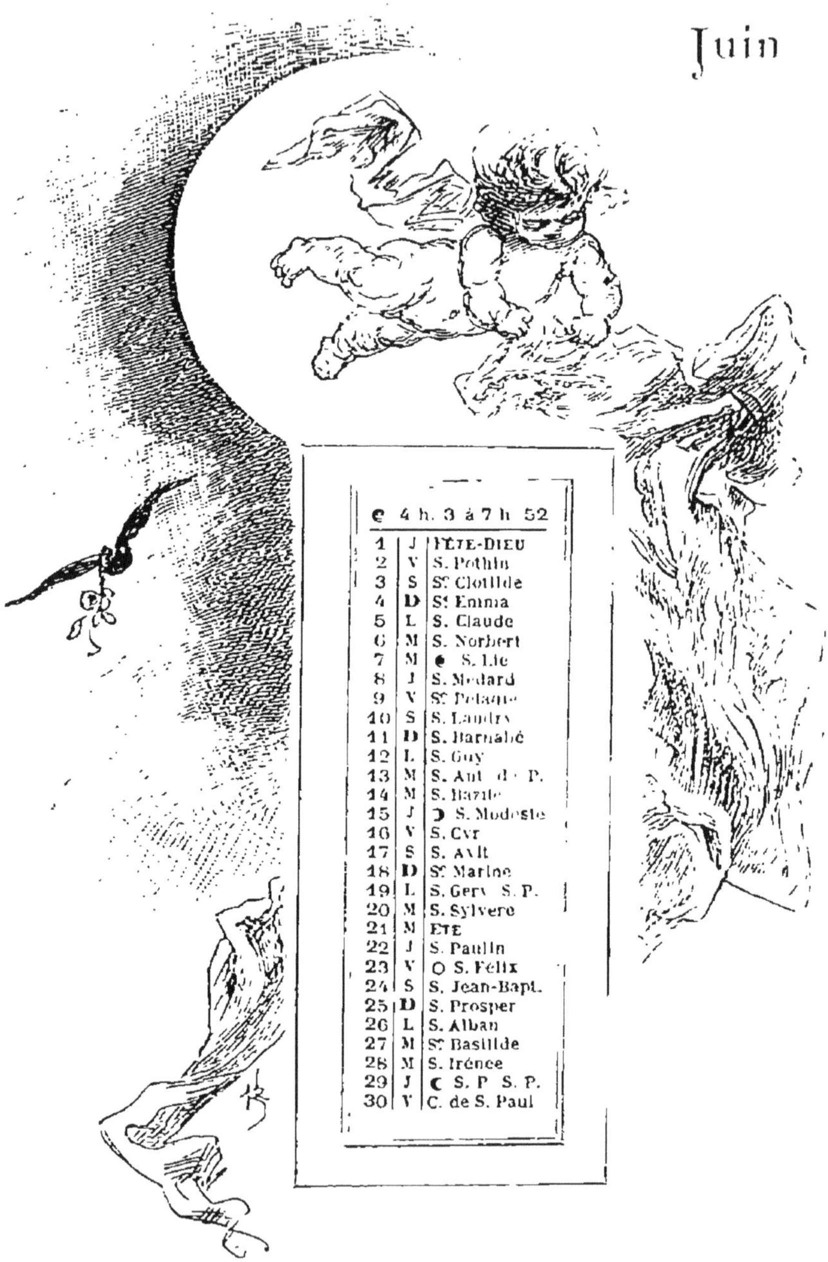

☾ 4 h. 3 à 7 h 52		
1	J	FÊTE-DIEU
2	V	S. Pothin
3	S	Ste Clotilde
4	D	Ste Emma
5	L	S. Claude
6	M	S. Norbert
7	M	● S. Lié
8	J	S. Médard
9	V	Ste Pélagie
10	S	S. Landry
11	D	S. Barnabé
12	L	S. Guy
13	M	S. Ant. de P.
14	M	S. Basile
15	J	☽ S. Modeste
16	V	S. Cyr
17	S	S. Avit
18	D	Ste Marine
19	L	S. Gerv. S. P.
20	M	S. Sylvère
21	M	ÉTÉ
22	J	S. Paulin
23	V	○ S. Félix
24	S	S. Jean-Bapt.
25	D	S. Prosper
26	L	S. Alban
27	M	Ste Basilide
28	M	S. Irénée
29	J	☾ S. P. S. P.
30	V	C. de S. Paul

L'Heure du Rendez-vous

Oh ! mon Dieu, cela n'est pas bien grave de rendre visite à un monsieur seul, en cachette, pour qu'il vous montre sa collection de bibelots japonais, de verreries de Venise ou d'émaux du XVe siècle.

Mais le mystère dont il est d'usage d'entourer une action si simple, le danger qu'il y a d'être vue ou rencontrée, le petit remords qu'on aura — après — et les petits battements de cœur qu'on a — avant — sont des attraits

L'Heure du rendez-vous

qui piquent si vivement la curiosité d'une Parisienne que, vraiment, pour ce péché mignon, il serait cruel de ne pas accorder à de si jolies pénitentes toute l'indulgence qu'il leur faut pour qu'elles ne perdent pas l'envie de recommencer.

Que celles qui n'ont jamais flirté leur jettent la première pierre!

Il est, pour ce genre de rendez-vous, un mode et un cérémonial dont le rite a été maintes fois décrit par les romanciers féminins les plus choyés des dames.

Cela peut paraître surprenant qu'il ne soit pas possible de montrer à une dame une collection d'ivoires japonais à un deuxième étage de la rue de Rennes!

Eh bien! cependant, cela est!

Un homme du monde qui fait à une femme jeune et élégante cette proposition de haute galanterie ne le peut faire que si cette collection est jalousement renfermée dans un entresol, — vous entendez bien — pas même à un premier étage, — du quartier Monceau, en choisissant, de préférence, la rue Prony ou la rue de Courcelles. — Sous l'Empire, la rue Taitbout ou la rue du Helder étaient à la mode.

Cet entresol n'a pas besoin d'être grand ; mais il est indispensable qu'il soit tendu d'étoffes Liberty,... que des abat-jour mauves laissent, sur le tapis, mourir des lueurs pâles,... que de capiteux parfums...

(*Prière de consulter les auteurs autorisés.*)

Ces étoffes Liberty et ces abat-jour enregistrent des mots qui sont toujours les mêmes et des phrases qu'on achète toutes faites dans les romans à 2 fr. 75 :

« — Que devez-vous penser de

moi? » en est une à ne pas négliger.

— Je pense que vous êtes un ange!...

— Oh! mon Dieu! que dirait mon mari!... le monde!...

— Qu'importent le monde et ses sottes conventions!...

(Consulter à nouveau les spécialistes du genre.)

Il serait assez délicat et, d'ailleurs, parfaitement inutile d'essayer de donner de la suite de ces sortes d'entrevues un tableau plus longuement détaillé.

Ce n'est certes pas un crime d'aller chez un garçon voir des miniatures du XVIIIe siècle, — surtout si on y est attiré par le goût des belles choses, — mais, puisqu'il est convenu que cela ne se peut faire, cela suffit pour que cette action si simple donne, à une vraie

Parisienne, l'envie folle de goûter au fruit défendu, et de conjuguer le verbe : « être curieuse » sur un mode qui ne laisse guère que des regrets... et le désir de recommencer. Si les regrets durent peu, le désir de recommencer ne se fait guère attendre, et les étoffes Liberty qui, comme les murs, doivent avoir des oreilles, en ont encore pour longtemps à garder dans le ramage de leurs tulipes claires et de leurs pâles anémones les : « Je me sauve,... je suis en retard » et les « Je ne suis pas trop dépeignée » qui terminent l'épilogue de ces doux entretiens.

. . . .

Madame prend un fiacre, arrive chez elle avec la migraine, et dit à son mari, qui relit pour la troisième fois l'article de fond d'un journal du soir.

— Je suis en retard, chéri ! Si tu savais comme c'est fatigant !... J'en ai eu pour deux heures avec ces couturières...

Ce à quoi monsieur, qui ne manque jamais d'à-propos, répond en fredonnant :

Il n'y a pas de plaisir sans peine, la faridon-
[daine].

(Air connu.)

Juillet

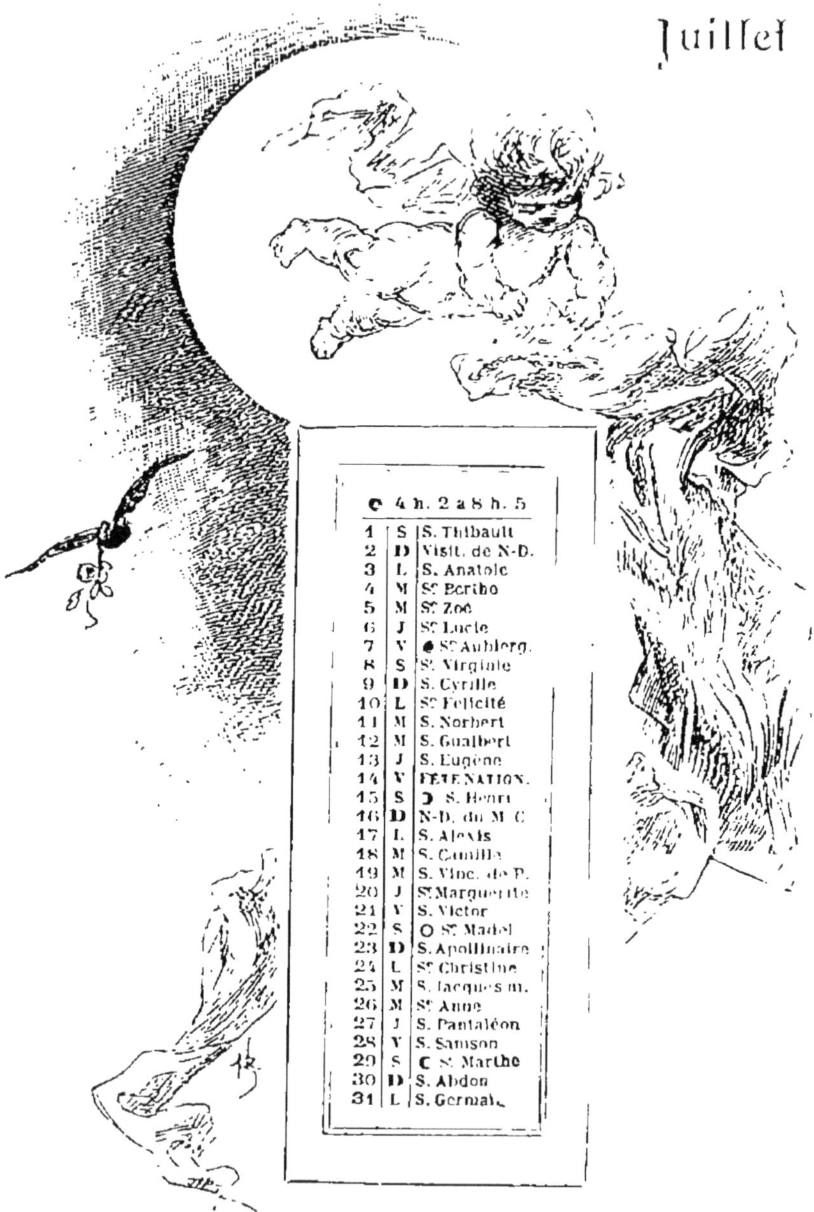

☉ 4 h. 2 à 8 h. 5		
1	S	S. Thibault
2	D	Visit. de N-D.
3	L	S. Anatole
4	M	Ste Berthe
5	M	Ste Zoé
6	J	Ste Lucie
7	V	● Ste Aubierg.
8	S	Ste Virginie
9	D	S. Cyrille
10	L	Ste Félicité
11	M	S. Norbert
12	M	S. Gualbert
13	J	S. Eugène
14	V	FÊTE NATION.
15	S	☽ S. Henri
16	D	N-D. du M. C.
17	L	S. Alexis
18	M	S. Camille
19	M	S. Vinc. de P.
20	J	Ste Marguerite
21	V	S. Victor
22	S	○ Ste Madel.
23	D	S. Apollinaire
24	L	Ste Christine
25	M	S. Jacques m.
26	M	Ste Anne
27	J	S. Pantaléon
28	V	S. Samson
29	S	☾ Ste Marthe
30	D	S. Abdon
31	L	S. Germain

L'Heure du Diner

L'HEURE DU DINER

Les Puisard du Jardinet ont réussi par les dîners, — en en donnant —, d'autres arrivent en les acceptant. — D'ailleurs, à Paris, on arrive à tout en pratiquant les quelques moyens qu'on a de faire son chemin ; mais il faut que ce soit avec persistance.

Il en est de toutes sortes, des moyens d'arriver : la forme des chapeaux, l'assiduité aux enterrements, la couleur des cravates, ou l'amitié de Mme X.

Bien des gens sont arrivés à la gloire,

L'Heure du diner

même à la fortune, par ces moyens à la portée des estomacs solides. La gloire n'en est d'ailleurs, que fort peu discréditée et les fortunes pas du tout. Le tout est de réussir et de ne pas s'inquiéter si le moyen employé a un peu bousculé les bases de la morale : on l'aura bien vite oublié.

Les Puisard ont donc réussi par les dîners. Mme Puisard y a déployé, d'ailleurs, une science et un art qui les ont classés parmi les événements de la société parisienne.

Aussi a-t-elle mis tous ses soins, dépensé toutes ses forces, usé toutes ses diplomaties, pour avoir sur sa table des vins choisis et des sauces rares autour desquels il ne s'agissait plus que de grouper des personnages de décor.

D'un *chef* enlevé à une danseuse, elle est arrivée à arracher des académiciens les plus purs à leurs besognes austères pour les asseoir à sa table.

Les œuvres de charité, les portraits commandés au peintre à la mode ont été les moyens employés pour élargir le cercle de relations bien modestes au début. Il fut un temps, paraît-il, où Mme Puisard disait : *Ormoire;* maintenant elle prononce Mail-coach et Rocking-chair aussi bien que les meilleurs jockeys. Ses fournisseurs sont presque toujours choisis parmi les maisons anglaises du quartier de l'Opéra ; elle est de tous les événenements parisiens : ventes de charité, vernissage, grand prix, premières, etc.

Les Puisard donnent à dîner le vendredi. Un dîner est combiné un mois à l'avance pour le rabattage des personnes de marque.

Une fois les relations établies, la formule d'invitation est assez simple :

Cher Maître,

Voulez-vous nous faire le plaisir de venir dîner avec nous le vendredi 15; nous aurons X, Y et Z.

Il s'agit tout simplement d'écrire la même lettre à X, Y et Z pour que X accepte, parce qu'il sait y trouver Y, et Z, parce qu'il sait y rencontrer X. Ça n'est pas plus difficile que ça. Le tout est de savoir parer au petit bleu de la dernière heure.

Si c'est un professeur en Sorbonne, on va à son cours aux approches du dîner; si c'est un peintre, on lui rend visite à son atelier; si c'est un ecclésiastique, on va à confesse; si c'est un docteur, on se rend à sa consultation.

En un mot, il s'agit de trouver un prétexte pour pouvoir dire : « A demain, sept heures, n'est-ce pas? » On arrête ainsi les timides pour l'excuse qui arrive au moment du potage.

Ces dîners sont le tremplin des affaires de Monsieur. Ils sont indispensables à la vie de la maison et sont devenus un pouvoir reconnu et consacré.

On s'y rend pour des raisons diverses, mais, surtout, pour la curiosité de voir, de causer aux personnes qui font galerie autour des entremets sucrés et des glaces à la framboise, lesquelles sont priées à ce dîner comme on prie un ténor ou une divette, à un concert mondain.

Et s'il manque des numéros au programme annoncé, on peut entendre dans l'escalier, à la sortie, des gens maugréer comme s'ils avaient payé leur place : « Ils sont assommants ces gens-là de nous déranger pour rien ; si nous avions su ne voir ni Carolus Duran, ni Paul Bourget, nous n'aurions pas raté le Nouveau-Cirque ! »...

Août

☾ 4 h. 34 à 7 h. 37		
1	M	S. Pier. a. L.
2	M	S. Alphonse
3	J	S. Etienne p.
4	V	S. Dominique
5	S	● S. Abel
6	D	TRANSFIGUR.
7	L	S. Gaetan
8	M	S. Justin
9	M	S. Amour
10	J	S. Laurent
11	V	Ste Suzanne
12	S	Ste Claire
13	D	S. Hippolyte
14	L	☽ S. Eusebe
15	M	ASSOMPTION
16	M	S. Roch
17	J	S. Mammes
18	V	Ste Helene
19	S	S.Louis ev.
20	D	○ S. Bernard
21	L	Ste Jeanne
22	M	S. Symphor.
23	M	Ste Sidonie
24	J	S. Barthelem.
25	V	S. Louis roi
26	S	S. Zephirin
27	D	☾ S. Cesaire
28	L	S. Augustin
29	M	Dec. de S J.-B.
30	M	S. Fiacre
31	J	S. Raymond

L'Heure de la Charité

L'HEURE DE LA CHARITÉ

Dix heures du soir, en novembre. Petit salon de Madame perdue au milieu de pelotes de laine, d'écheveaux de soie, de chiffons. Elle coud, très affairée, tandis que Monsieur, assis près de la cheminée, tisonne, puis prend son journal.

MONSIEUR, *qui quitte le journal.* — Dis-donc, chérie, tu en as pour longtemps?

MADAME. — Oh! j'en ai bien encore pour deux heures. Il faut que je

L'Heure de la charité

finisse mon sachet, ce soir, et j'ai encore tous mes rubans à coudre.

MONSIEUR. — Tu le finiras demain, ton sachet. Le feu ne tire pas... c'est une Sibérie, ici !...

MADAME. — Mets une bûche... Tu comprends, il faut que je me dépêche ; il me reste à faire : un coussin, une aumônière, un vide-poche, deux abat-jour et trois porte-cartes... Veux-tu me passer le petit paquet, près de toi, sur la cheminée ?...

A propos, tu sais que je me fais faire une robe...

MONSIEUR. — Une robe ! mais il n'y a pas quinze jours que tu en as fait faire une !...

MADAME. — Elle est trop gaie pour une vente de charité...

MONSIEUR. — Pourquoi ça ?

MADAME. — Parce que, pour une

10

vente au profit d'orphelins, elle ne serait pas de circonstance ; je dirai même plus : elle serait déplacée.

MONSIEUR. — Mais tu en as douze des robes,... mets-en une autre...

MADAME. — Je te répète que je n'en ai pas pour une vente de charité, surtout pour tenir un comptoir... Mais, tu ne comprends rien...

MONSIEUR. — Si, si, si ! je comprends... je comprends même très bien ; et, surtout ceci : c'est qu'en menant ce train-là, c'est à notre profit qu'il faudra bientôt faire des ventes de charité.

MADAME. — Mais c'est pour toi que je fais cela... pour le monde... pour tes relations... Je ne m'explique même pas que, dans ta position, tu puisses consentir à me laisser tenir un comptoir avec une vieille robe.

MONSIEUR. — Mais tu en as une que tu as mise trois fois !...

MADAME. — Elle est trop claire, pas assez discrète, trop froufrou.

MONSIEUR. — Tu trouvais qu'elle manquait de montant.

MADAME. — Bien sûr, qu'elle manquait de montant pour une première et elle n'était pas dans le ton... C'est drôle que tu n'aies pas le sentiment des nuances...

MONSIEUR. — Je trouve, moi, que n'importe quelle nuance est bonne pour vendre des savons rances et des autographes de poètes.

MADAME. — Il n'y a malheureusement pas à raisonner avec toi !... Je sens bien que, maintenant, il faut que je renonce à faire la charité comme j'étais habituée à la faire chez ma mère !

MONSIEUR. — Ah ! ça y est ! —

Ta mère! — mais elle n'a rien à voir, à cela, ta mère... Enfin! soit, fais-toi faire encore douze robes, douze manteaux, douze chapeaux, si tu veux, mais tu ne m'empêcheras pas de te faire remarquer que la vraie charité...

MADAME. — Oh! je t'en prie, je t'en prie, je sens que tu vas encore faire un discours. Ah! tu ne me les épargnes pas!... Si je ne sais pas faire la charité, tu ne la sais guère pratiquer non plus... Ah! tu es tout à fait folâtre!... et ça deviendrait gai de faire la charité si on suivait tes conseils!...

Monsieur reprend son journal, Madame continue sa tapisserie. — Silence que rien ne trouble. — De temps en temps, Monsieur lève les yeux et regarde sa femme qui ne quitte pas son ouvrage. — Le silence continue.

Onze heures sonnent; Madame range dans sa corbeille les pelotes de laine, les écheveaux de soie, les crochets, et garde toujours le mutisme le plus complet. — Quand elle a fini, elle se lève, et, sans rien dire, se dirige vers la porte...

MONSIEUR, *la suivant.* — Ne la prends pas tout de même d'une couleur trop sombre, ta robe... Si tu veux, nous irons la choisir ensemble.

Septembre

☼ 5 h. 17 à 6 h. 42

1	V	S. Gilles
2	S	S. Lazare
3	D	S. Gregoire
4	L	● Ste Rosalie
5	M	S. Bertin
6	M	S. Onésiphore
7	J	S. Cloud
8	V	LA NATIVITÉ
9	S	S. Omer
10	D	Ste Pulchérie
11	L	S. Hyacinthe
12	M	☽ S. Raphael
13	M	S. Maurille
14	J	Ex. Ste Croix
15	V	S. Nicomède
16	S	S. Cyprien
17	D	S. Lambert
18	L	Ste Sophie
19	M	○ S. Janvier
20	M	S. Eustache
21	J	S. Mathieu
22	V	AUTOMNE
23	S	S. Lin
24	D	S. Andoche
25	L	S. Firmin
26	M	☾ Ste Justine
27	M	S. Cosme
28	J	S. Venceslas
29	V	S. Michel
30	S	S. Jerome

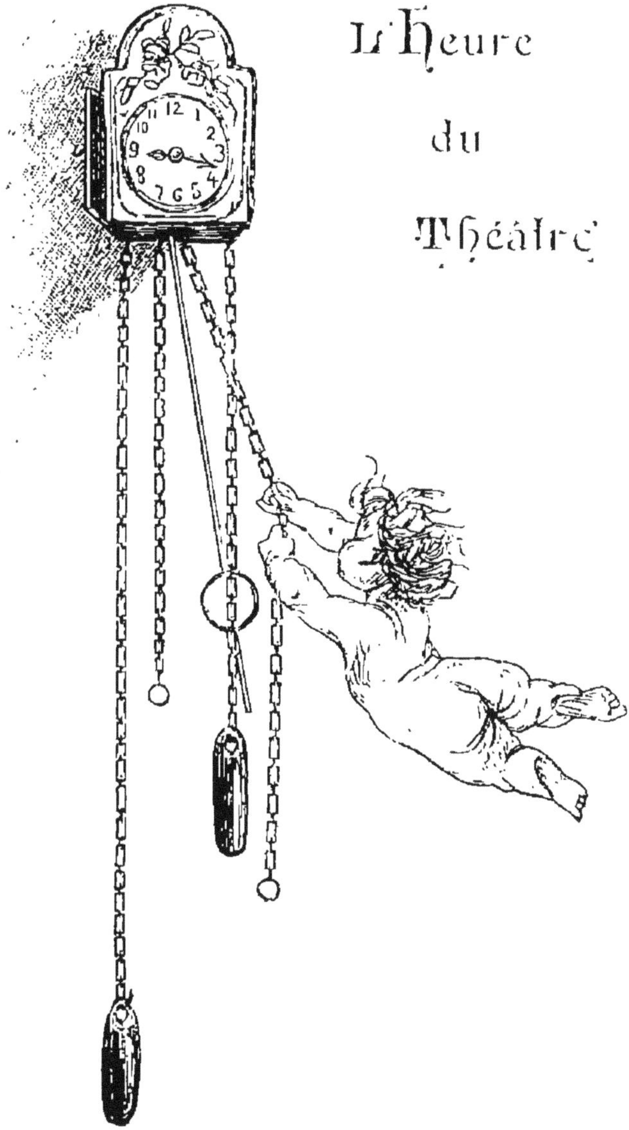

L'Heure du Théâtre

L'HEURE DU THÉATRE

Onze heures du soir dans la petite salle du Bouis-Bouis à Montmartre. On joue l'*Idylle de la Marmite*, un acte du dernier *teuf-teuf* dont on dit partout, qu'en crudité, il dépasse les groseilles vertes.

***

La salle est pleine : femmes du monde en toilettes de soirée, hommes en habit, la fleur à la boutonnière.

Ce ne sont partout qu'étoffes claires

l'Heure d[illegible]cátre

débordant des petites loges décorées du meilleur style Louis XV. La salle est vert pâle et or ; l'éclairage à l'acétylène fouille tous les trous d'ombre, jette, dans la salle, une lumière vive, aiguë, qui vous entre dans la peau. Des parfums tièdes, endormeurs, dont les bouffées arrivent, poussées par le vent des portes, grisent comme des effluves de floraisons inconnues.

* * *

Le rideau n'est pas levé, sur l'acte à sensation qui va faire courir toute la province, — car c'est la province, plus que Paris, qui a fait Montmartre. — Il n'y a plus que de très vieilles gens qui vont encore à l'Opéra-Comique ; mais, toutes les femmes qui ont conquis le droit de mener le mouvement des plaisirs du nouveau jeu connaissent

Montmartre et son répertoire, comme elles ont connu leur catéchisme. Les femmes du monde s'intéressent, de plus en plus, à tout ce qui touche à l'élément social qui nage et qui trimarde à la fin des soirs, sur les longs boulevards extérieurs, enguirlandés du chapelet des lanternes indicatrices des tavernes et des bouges.

***

Ce sont ces goûts très *smart* qui expliquent le succès qu'a eu la vente des portes de prisons dont les prix ont atteint ce que pouvait coûter, autrefois, des dessus de portes peints par Fragonard.

A celle d'un boudoir, le lourd verrou devient symbolique et atteste de l'apeurement des charmes qu'il est chargé de défendre. — Revanche de la vertu sur le vice : ce qui empêchait de sortir les coupables les empêche maintenant d'entrer !... et, ainsi va le monde où on ne perd pas son temps à regarder les couchers de soleil...

La mise en scène du *Bouis-Bouis* est particulièrement soignée et documentée par la vérité d'accessoires qui, tous, ont *servi* et joué un rôle dans quelque fait-divers..

C'est une sorte de petit Musée Tussaud animé ; et l'effroi fut grand, un jour, dans une scène d'assassinat, quand on sut que le couteau avait déjà tué quelqu'un. Cet apport de réalisme est une trouvaille qui ne pouvait passer inaperçue aux nez fins et chercheurs des amateurs de littérature fermentée.

* * *

Aussi, chaque soir, c'est salle comble

et archi-comble au *Bouis-Bouis;* les Mardis de la Comédie-Française en sont comme attristés et les loges d'Opéra ne représentent plus qu'un monde attardé dans des coutumes anciennes.

Au *Bouis-Bouis*, c'est l'émulation de tous les raffinements. — La coquette salle enrubannée comme une houlette de bergère, pomponnée comme une petite-maîtresse, faite pour qu'on y entende des airs de ballets de Lulli ou des proverbes de Crébillon, ne sert de cadre qu'à la peinture des plus basses abjections et des plus repoussantes misères, comme si ces tableaux devaient avoir encore plus d'attraits malsains, dans ce décor de boîte à bonbons, où ruisselle l'étincelante clarté qui inscrit jusqu'à douze reflets sur les chapeaux d'hommes.

* * *

C'est le triomphe de la lumière! Si l'art de nous éclairer le soir a fait de grands progrès, il faut convenir que la lumière du jour reste la même depuis trop longtemps; et, qu'à une époque où tout se transforme, ce pauvre soleil devra bientôt accepter de finir, à son tour, où finissent les vieilles lunes, les vieilles diligences et les vieux décors!...

Octobre

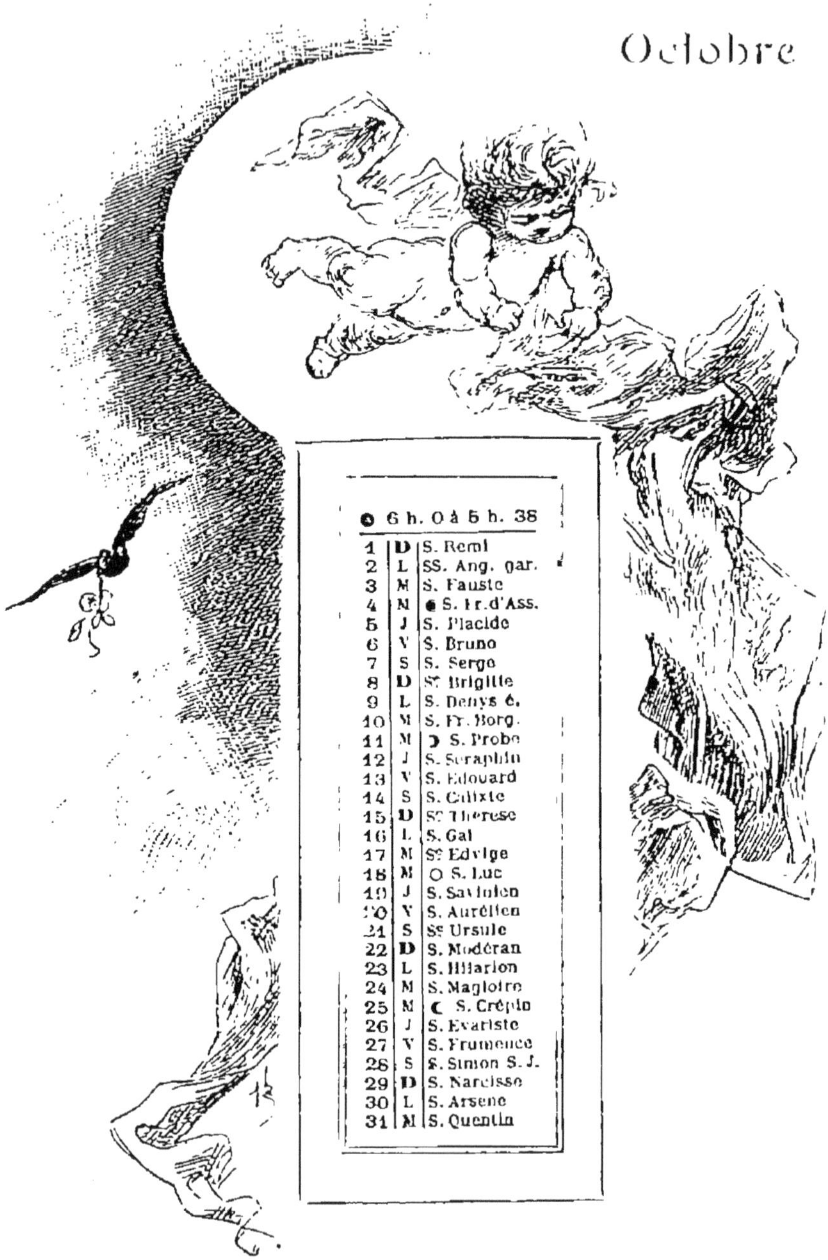

☉ 6 h. 0 à 5 h. 38		
1	D	S. Remi
2	L	SS. Ang. gar.
3	M	S. Fauste
4	M	● S. Fr. d'Ass.
5	J	S. Placide
6	V	S. Bruno
7	S	S. Serge
8	D	Ste Brigitte
9	L	S. Denys é.
10	M	S. Fr. Borg.
11	M	☽ S. Probe
12	J	S. Seraphin
13	V	S. Edouard
14	S	S. Calixte
15	D	Ste Therese
16	L	S. Gal
17	M	Ste Edvige
18	M	○ S. Luc
19	J	S. Savinien
20	V	S. Aurélien
21	S	Ste Ursule
22	D	S. Modéran
23	L	S. Hilarion
24	M	S. Magloire
25	M	☾ S. Crépin
26	J	S. Evariste
27	V	S. Frumence
28	S	S. Simon S. J.
29	D	S. Narcisse
30	L	S. Arsene
31	M	S. Quentin

L'Heure du Souper

L'HEURE DU SOUPER

A une table de restaurant de nuit, une femme mange des sandwichs; il est tard.

C'est le sujet d'un dessin de Forain, souligné de cette légende : « On croit qu'elle soupe, elle déjeune. »

Toute la philosophie du souper est écrite dans la tristesse de cette légende lapidaire. — Le souper, ce repas superflu, étant celui que bien des petites croqueuses de pommes ont le plus de chance de se mettre sous la dent.

1 Heure du souper

***

Le petit salon est douillettement chauffé ; les ors et les cuivres renvoient leurs reflets chauds sur la blancheur de la nappe ajourée où circulent les broderies à la russe.

Les porcelaines, les verres finement taillés, le bouquet de violettes, acheté tout à l'heure, sont là, sur la table...

Dans l'air flottent des fumets et des parfums de perdreaux, d'iris, d'écrevisses poivrées et de poudre de riz...

De capiteuses bouffées de chair de femme et de fourrures emplissent la petite pièce d'une moiteur tiède qui monte à la tête et aux sens...

Les tulipes des vers électriques jettent une pluie de perles qui danse sur les carafes frappées et sur le bord des coupes...

*
* *

C'est, là, ce qui doit être joie et ce qu'on appelle la fête. C'est la promesse pour le dessert, petite femme grassouillette et rosée, de vos bras nus qui verseront le champagne ; de votre nuque blonde que chercheront les lèvres ; de tout ce qui est en vous de charme, d'effronterie et de propos menteurs ; et si, par hasard, s'envole de vos lèvres un mot vrai, une chose douce échappée à la jeunesse de votre âme, on rira, mais personne ne ramassera la fleur que vous aurez laissée tomber, là, sur la table en désordre, dans le heurt des verres et des propos salés !

*
* *

Vous êtes ici la reine et l'esclave. Ces vins, toutes ces fleurs, toute cette lumière sont là, pour vous : cependant, au quart d'heure de Rabelais, c'est vous qui réglerez la note avec votre gaieté, votre jeunesse et votre chair.

Alors, est-il bien sûr que vous n'allez pas trouver amère la petite flûte de gruau, pâle et dorée comme un grand épi mûr, qui est là, sur votre assiette, et, qu'en la grignotant de vos dents si blanches, une larme ne perlera pas à vos yeux...., que vous ne songerez pas au bon gros pain d'autrefois, — à ce pain qu'on vous voyait sous le bras, dans vos rues de faubourg, quand, en jupes courtes, vous couriez la chanson aux lèvres ?

* * *

Mais l'ogre avait passé près de chez vous ! Sous votre jupe courte, il avait vu votre cheville coquette ; sous la broussaille de vos cheveux, vos yeux aux aguets et votre oreille en quête de mots enjôleurs... Et il vous a prise, sachant vos lèvres gourmandes, devinant que vous étiez faite pour nous donner l'illusion de nos rêves et la grimace de nos ivresses.

Et pourquoi, pas, puisque c'est, vraiment, à s'y tromper!

Vous trichez si joliment...le mensonge ourle si bien vos lèvres, vos yeux savent si bien faire des promesses qui ont l'air d'être sincères, que, ma foi, nous aurions bien tort d'aller nous égarer dans les sentiers où les fleurs à cueillir peuvent nous ensanglanter les doigts.

Vous êtes les donneuses de joies éphémères! Pourquoi ne vous aimerions-nous pas un peu... passionnément... ou pas du tout, pour un temps si court ?...

Il est des noms de femmes moins doux à prononcer que celui de Magdeleine, et la glace rayée et salie, comme un parquet de skating, ne saura pas refléter des illusions si courtes, ni garder l'image d'ivresses qui auront vécu le temps que la glace du champagne aura duré au fond des verres... !

Novembre

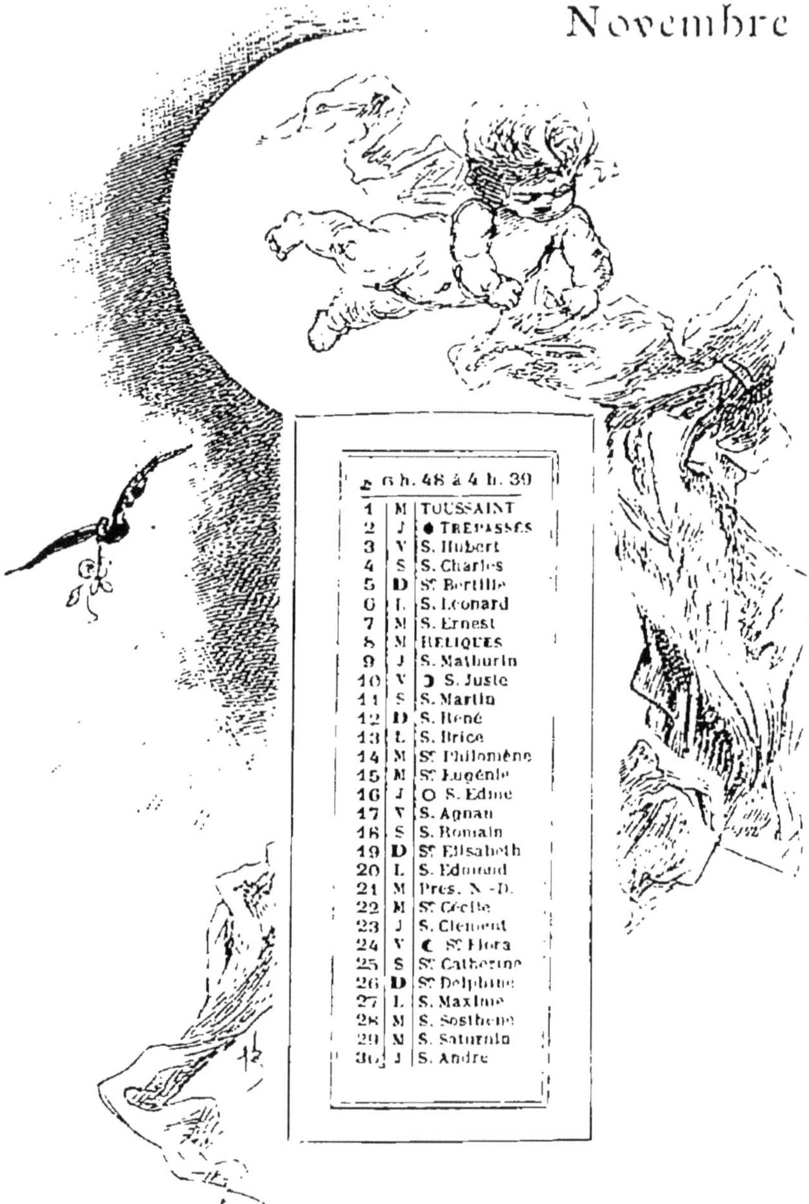

☼ 6 h. 48 à 4 h. 39		
1	M	TOUSSAINT
2	J	● TRÉPASSÉS
3	V	S. Hubert
4	S	S. Charles
5	D	Ste Bertille
6	L	S. Léonard
7	M	S. Ernest
8	M	RELIQUES
9	J	S. Mathurin
10	V	☽ S. Juste
11	S	S. Martin
12	D	S. René
13	L	S. Brice
14	M	Ste Philomène
15	M	Ste Eugénie
16	J	○ S. Edme
17	V	S. Agnan
18	S	S. Romain
19	D	Ste Elisabeth
20	L	S. Edmond
21	M	Prés. N.-D.
22	M	Ste Cécile
23	J	S. Clément
24	V	☾ Ste Flora
25	S	Ste Catherine
26	D	Ste Delphine
27	L	S. Maxime
28	M	S. Sosthène
29	M	S. Saturnin
30	J	S. André

L'Heure du Bal

L'HEURE DU BAL

Le premier qui a dit que la musique adoucissait les mœurs aurait dû ajouter que la danse les assouplissait.

Sans sortir des règles de la bienséance et sans faire le plus léger accroc au protocole des convenances sociales, il est permis de demander à une femme avec qui on a valsé, si son mari lit *le Temps* après ses repas, ou s'il va faire un tour au cercle, entre neuf heures et minuit.

L'Homme du bal

*
* *

Une fois qu'on sait si la taille d'une femme est souple et si ses doigts sont nerveux, on a, pour lui causer, des facilités de conversation et des sujets d'entretiens qui peuvent faire défaut aux gens qui ne dansent pas; et, comme il n'y aura jamais assez de prétextes à inventer pour pouvoir causer à une jolie femme, il faut garder et défendre contre les préjugés moroses celui qui est de beaucoup le plus délicieux.

*
* *

Traverser un salon pour demander à une femme une chose, même de très simple, implique qu'on la connaît un peu. — Rechercher la chaise libre près d'elle peut être remarqué. — Tourner la tête pour la mieux voir est déjà, presque un rien d'impertinence.

Mais, si cette même femme vous est inconnue, lui prendre la taille, lui serrer les doigts, sentir sous son bras les soulèvements de sa poitrine, être caressé par une mèche de ses cheveux, respirer son haleine, la regarder dans le blanc des yeux sont choses permises et auxquelles les grincheux, seuls, peuvent trouver à redire.

Il est d'atrabilaires empêcheurs de valser qui disent que la danse est immorale et que jamais leurs femmes ne danseront !

Heureusement que devant de semblables exigences et qu'en présence d'aussi injurieux soupçons, les femmes d'esprit savent qu'il est d'autres moyens de faire savoir que leur taille est ronde, car priver une femme du moyen de faire apprécier ses grâces est inutilement la priver d'un plaisir, et, par conséquent, lui donner sur-le-champ le désir de tirer vengeance d'un procédé qui la dépossède d'une partie de ses moyens de nous rendre fous, — c'est-à-dire amoureux —, ce qui est à peu près la même chose.

***

Donc, valsez, Mesdames, valsez pour la joie de nos yeux, pour l'ivresse que vous savez mettre en nous quand votre taille ondule comme un roseau sous le souffle des hautbois et la caresse des flûtes !...

***

Valsez, valsez ! puisqu'en valsant vous êtes plus belles !... puisque vos yeux ont plus d'éclat, que vos lèvres, quand, en arrière, vous penchez la tête, découvrent mieux vos dents si blanches, et que nous ne doutons plus de votre puissance quand, lassées, vous avez besoin de nos bras pour vous soutenir.

Valsez, valsez ! Laissez dire les maris boudeurs et les amoureux transis... : personne n'a le droit de vous empêcher d'être plus belles et c'est vous faire injure que de le vouloir essayer. C'est porter une atteinte sacrilège à tout ce qu'il y a en vous de beauté et de charme ; et, s'il y a bien des façons d'offenser le Créateur, il n'en est pas une qui puisse l'offenser davantage que de vous défendre de faire valoir toutes les grâces qu'il a mises en vous.

*
* *

Valsez donc, valsez quand même, valsez toujours, en dépit des regards courroucés des maris jaloux.

Valsez, valsez !... L'hommage de tous les yeux qui vous ont admirées vaut bien que vous risquiez la scène que vous aurez, ce soir en rentrant, pendant, qu'en dégrafant votre corset de satin, les discours de morale de Monsieur viendront se briser contre l'ironie de vos regards et la malice de vos sourires...

Décembre

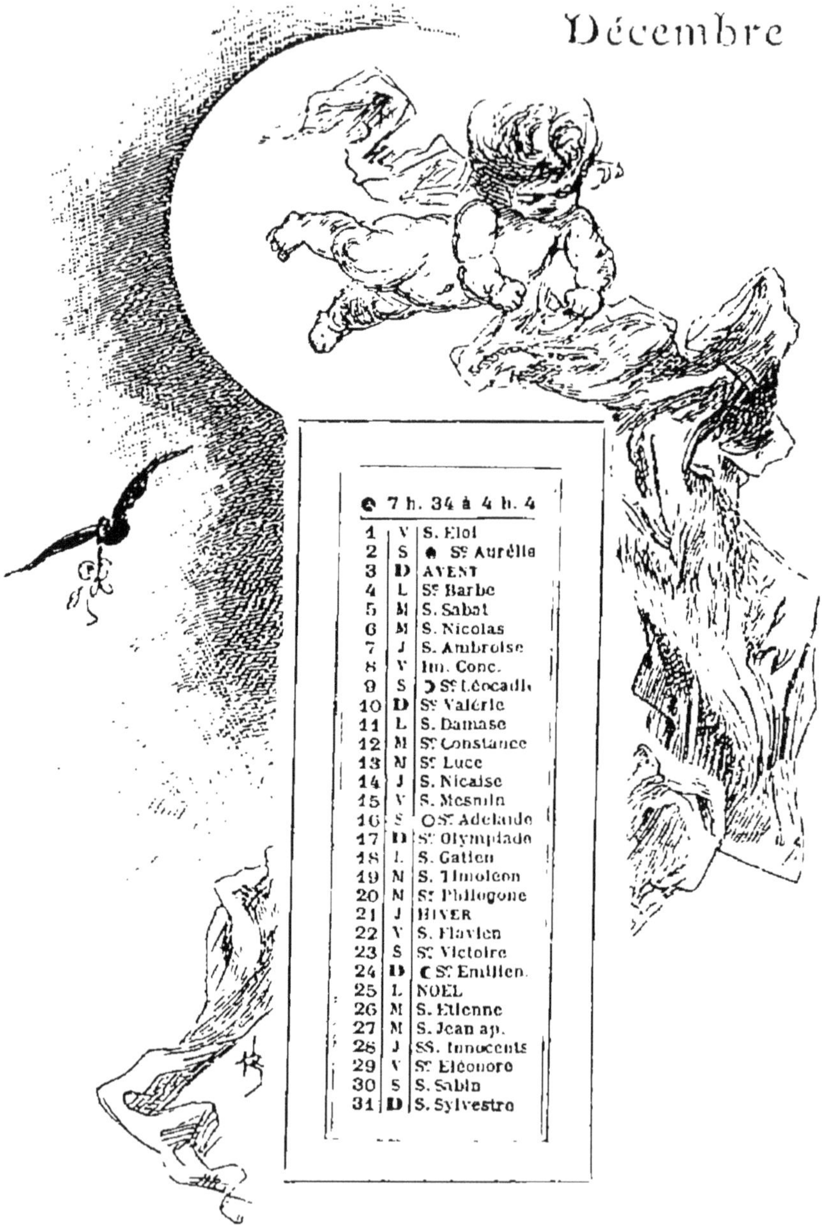

☀ 7 h. 34 à 4 h. 4		
1	V	S. Eloi
2	S	● Ste Aurélie
3	D	AVENT
4	L	Ste Barbe
5	M	S. Sabat
6	M	S. Nicolas
7	J	S. Ambroise
8	V	Im. Conc.
9	S	☽ Ste Léocadie
10	D	Ste Valérie
11	L	S. Damase
12	M	Ste Constance
13	M	Ste Luce
14	J	S. Nicaise
15	V	S. Mesmin
16	S	○ Ste Adelaïde
17	D	Ste Olympiade
18	L	S. Gatien
19	M	S. Timoléon
20	M	St Philogone
21	J	HIVER
22	V	S. Flavien
23	S	Ste Victoire
24	D	☾ St Emilien.
25	L	NOEL
26	M	S. Etienne
27	M	S. Jean ap.
28	J	SS. Innocents
29	V	Ste Eléonore
30	S	S. Sabin
31	D	S. Sylvestre

L'Heure du Coucher

L'HEURE DU COUCHER

Une Parisienne ne se couche jamais tôt, mais les raisons, qui la font se mettre au lit à deux heures du matin, — qui est une heure moyenne, — sont bien diverses.

Les unes sont encore attardées dans quelques fêtes où elles s'amusent, les autres dans d'autres fêtes où elles bâillent, car il y a autant de celles-là que d'autres.

Mais si, un soir, rentrant de l'une de ces fêtes, le nez au vent, l'œil à la

L'Heure du coucher

lune, une petite fenêtre brille comme une étoile sur le front de ces grandes maisons de faubourg, montez six étages et entrez : vous aurez souvent le tableau d'une souffrance bravement supportée ou celui d'un devoir vaillament rempli ; le courage et la vaillance sont des vertus qui nimbent d'or le front des petites Parisiennes.

* * *

Deux heures du matin sonnent à l'horloge du couvent des Sœurs de la rue de faubourg, maintenant si paisible et si silencieuse.

Le roulement des derniers omnibus, dans la grande rue, le pas des derniers passants attardés, les derniers fiacres qui rentrent chez le loueur de la rue voisine, et tout sera fini,... tout dormira dans ce quartier de bruit maintenant si tranquille, si rempli du calme de la nuit, si enveloppé de la grande paix qui plane, à cette heure, sur toutes les choses endormies.

* * *

Une fenêtre de la haute maison, au cinquième, est encore allumée. — Dans la petite pièce le poêle jette sur le parquet une lueur rosée — sur la grande table sont jetées au hasard des étoffes, des rubans, des dentelles, des riens de toutes couleurs qui la font ressembler à une immense palette de peintre.

Au plafond, la lampe à abat-jour de tôle laisse tomber de pâles reflets, sur la gamme des étoffes qui se confond dans une harmonie de couleurs tendres.

* * *

Une jeune fille est là, devant toutes ces choses, qui resplendiront demain, sous l'éclairage brillant des magasins à la mode.

Tous ces petits riens inutiles, toutes ces mille fantaisies qui garnissent les intérieurs cossus, qui sont faites pour la parure des petites pièces chaudement capitonnées où l'on sert le thé et les gâteaux à de belles dames aux fourrures qui sentent bon, sont fabriquées, près de ce poêle de fonte qui ronfle dans la nuit, par les petites mains laborieuses de cette petite abeille qui est, là, courbée sous la lumière qui tombe sur toutes ces couleurs gaies..., par ces petites mains qui ont l'air de papillons pâles butinant sur des fleurs, pendant que le coucou, pendu au mur, marque les heures qui passent, de son battement monotone...

***

Dans la pièce voisine, où la porte entr'ouverte laisse voir au fond la lueur d'une veilleuse, une voix dit :

— Marthe, viens donc te coucher ! ma fille, il est tard.

— Tout à l'heure, mère, quand j'aurai fini.

— Mais quelle heure est-il ?

— Minuit viennent de sonner... (*Elle ment ainsi tous les soirs*). Je n'en ai pas pour longtemps...

Et, tout à l'heure, dans le petit lit de pensionnaire, la petite abeille dormira ; de toutes ses misères, de toutes ses peines, de toutes ses privations, la reine Mab viendra faire ses rêves de vingt ans..., rêves auxquels elle croira demain, à son réveil, quand les premiers rayons du soleil viendront faire sourire ses lèvres et dorer les toits de ces grandes ruches de faubourg ; de ces ruches où d'autres petites abeilles sont, là, comme elle, le soir, autour des lampes, mettant leurs doigts de fées au service de tout ce qui peut parer mieux la beauté de leurs sœurs plus heureuses ; ne demandant, seulement, pour prix de leurs peines, qu'un morceau de pain ou qu'un lambeau de rêve...

HENRI BOUTET.

IMPRIMÉ

PAR

[illegible]

10, rue des Saints-Pères, 19

PARIS

OUVRAGES

DU

Même Auteur

A. D. MOTOT, Éditeur, 18 bis, rue Denfert-Rochereau, PARIS.

CALENDRIER POUR 1899

Pointe sèche gravée par HENRI BOUTET

Librairie de LA PLUME, 31, rue Bonaparte, PARIS.

ÉCHANGE DE CARTES

PAR

HIPPOLYTE DEVILLERS et HENRI BOUTET

Préface de FRANÇOIS COPPÉE, de l'Académie française

1 volume. — Prix : 10 fr.; 50 Japon. 30 fr.

Librairie PAUL OLLENDORFF, 28 bis, rue de Richelieu, PARIS.

Autour d'Elles

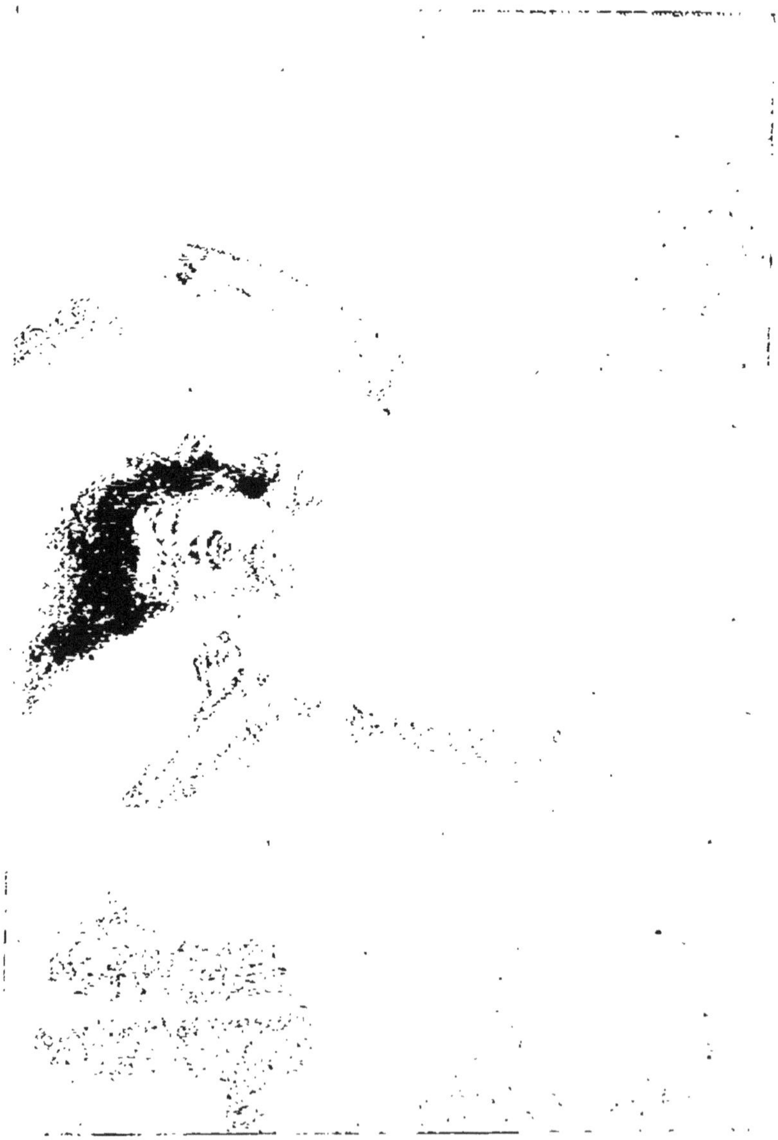

1. — LE LEVER

Album en couleurs. — Prix : 10 fr.; Japon. 100 fr.

Autour d'Elles

III. LE COUCHER

Album en couleurs. — Prix : 10 fr.; Japon. 100 fr.

A.-D. MOTOT, *Éditeur*, 18 *bis*, rue Denfert-Rochereau, PARIS

CARTES POSTALES

Illustrées par HENRI BOUTET

La Série de 10. — Prix : 1 fr. 25

POUR PARAITRE EN MAI 1899

Autour d'Elles

5e ALBUM

OU ELLES VONT

L'Album **Le Bain**, paru récemment, termine la première Série des Albums *Autour d'Elles* qui a été faite sur le thème du *déshabillé*.

La Série qui commencera avec le 5e Album sera conçue dans une note toute différente. Cette série comprendra l'étude de la Parisienne dans les circonstances de la vie de Paris où elle peut être étudiée, avec le caractère de féminité qui a consacré le succès de cette suite d'albums.

www.ingramcontent.com/pod-product-compliance
Ingram Content Group UK Ltd.
Pitfield, Milton Keynes, MK11 3LW, UK
UKHW031904260826
14628UKWH00002B/977